20

Ye

42664

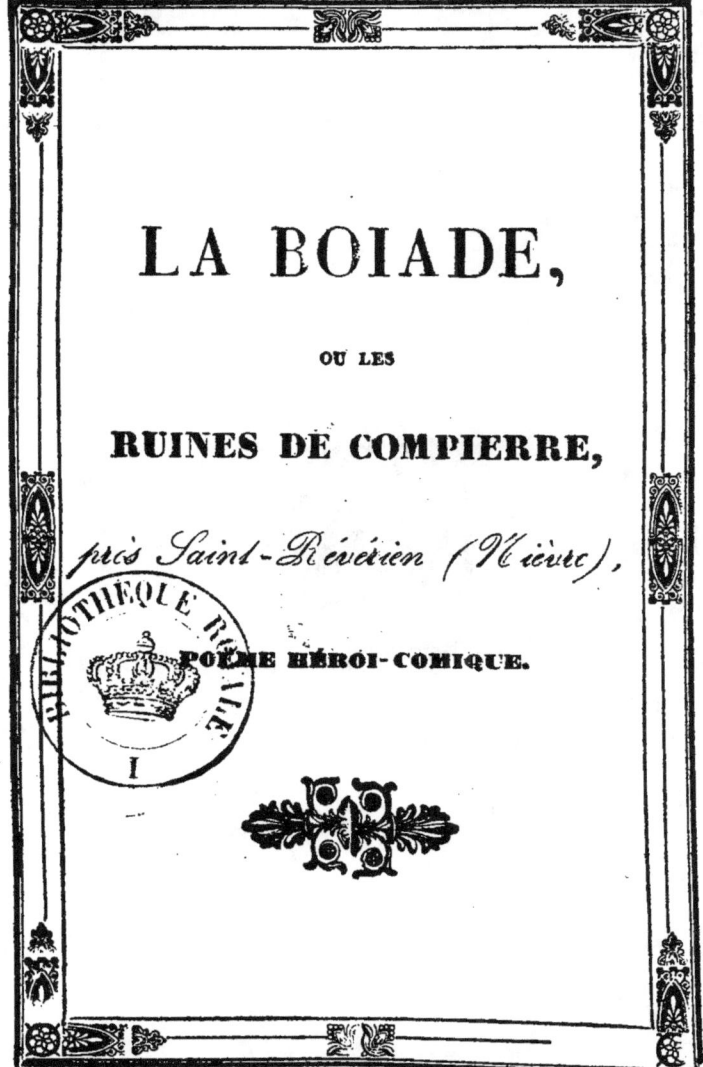

LA BOIADE,

OU LES

RUINES DE COMPIERRE,

près Saint-Révérien (Nièvre),

POÈME HÉROÏ-COMIQUE.

1843

LA BOIADE.

SOMMAIRE.

Idées générales sur les ruines de Boïa. -
Fiction sur l'origine de la conquête des
Gaules par Jules César — Les Boïens,
anciens ennemis des Romains, furent ses
plus rudes adversaires; — réunis aux Helvétiens, ils furent défaits après de sanglants combats. - César se les approprie
en leur assignant des terres chez les
Eduens. - Origine de Boïa. - Courte ex-
hortation aux archéologues de notre pays.

NE vous offensez pas, Messieurs Vincent, Bognard,
Si, pour mieux conjurer le public goguenard,
J'emprunte sans façon vos puissants patronages,
En accolant cet œuvre à vos savants ouvrages :
Le lierre, vous savez, a besoin d'un appui,
Contre le tiercelet l'oiseau cherche un abri;
Eh! que n'a pas à craindre un faiseur de distique
Lorsqu'il ne sait pas rire au nez de la critique !..
Comme un pauvre huron, en vain il se blottit
Dans son trou, le malin le dépiste et s'en rit;
C'est en vain qu'il abjure une folle imprudence,
Plus il supplie et plus on le berne, ou le tance;
N'importe : plein d'espoir en vos soins obligeans
Je chante, et me confie au dieu des bonnes gens.

MUSES de nos vallons, légéres, vagabondes,
Qui courez daus nos bois ou plongez dans nos ondes,
Qui folâtrez sans cesse exemptes de souci,
Nymphes, arrêtez-vous, accordez un appui,
Un regard, une aumône à moi qui vous implore !
Jupiter vous rendra plus aimables encore.
Je sais que mon regard n'est point fait pour charmer,
Que le son de ma voix ne peut se faire aimer,
Que je n'ai rien enfin qui puisse vous séduire,
Ni le pied, ni le corps, ni le front d'un Satyre :
Dépourvu que je suis de tous ces agréments,
Vos bienfaits aux mortels paraîtront bien plus grands,
Quand leurs yeux ébahis vous verront me sourire,
En tâchant d'écouter les vers que je vais lire.
Oui ; vous m'avez compris... Sur ce gazon si frais
Muses, posez vos corps arrondis et coquets :
A vos pieds, un ruisseau sur les cailloux murmure,
Contre les feux du jour, ce dôme de verdure
Offre un ombrage épais : — oiseaux taisez vos chants,
Allez un peu plus loin soupirer le printemps :
Loin de m'intimider il faut qn'on m'encourage,
Et vos concerts nuiraient à mon faible langage.

HYPPOCRATE, lecteurs, dit que pour ma santé
Je dois prendre aujourd'hui quelques grains de gaîté ;
Je profite en passant de la docte ordonnance :
Oh ! quel beau jour pour moi qu'un jour d'insouciance !

NON loin d'un bourg pierreux que Saint-Révérien
Dota d'un nom célèbre en lui donnant le sien,
S'élève une forêt sombre, majestueuse :
Quelques rares sentiers percent sa masse ombreuse,
Quelques rochers noircis en étreignent les flancs ;
Il semble à leur aspect que, depuis deux mille ans,
Le Temps avant de fuir les mit en sentinelle
Pour garder les débris de la Ville immortelle,
Dont le nom retrouvé par un Savant heureux,
Sera par nous transmis à nos derniers neveux,
Comme un sacré trésor, une sainte relique,
De défunte grandeur, monument pathétique !
Lecteurs, si malgré moi vous sembliez douter
des faits que j'entreprends ici de vous conter;
Si ces temples rasés, ces murs, ces citadelles,
Ces cirques abattus ne sont que bagatelles;
Si ces fûts de colonne et tous ces vieux débris,
Ces bronzes délicats, ces curieux lambris,
Ces médailles sans nombre, une route romaine,
A vos yeux fascinés ne sont qu'une erreur vaine ;
Si, dis-je, ce musée arsenal-impromptu
Que le zèle grandit et que l'art à conçu,
Ces Mercures montrant complaisamment leur bourse,
Ce sabot que Pégase a perdu dans sa course,
Ce joueur de pipeaux, cette fière Pallas,
Et toi, belle Vénus, qui n'as ni corps, ni bras,
Mais dont le pied mignon et la pose si pure
Nous laissent deviner la divine parure !
Si ces styles rouillés, ces celtiques cailloux,
Et cette clef romaine, et tant d'autres bijoux
Dont je pourrais ici faire nomenclature,
De vos cerveaux bronzés ne changent la nature,
Incrédules, venez devant ce tribunal,
Qui, dans pareils débats, rend un arrêt final;
De Messieurs les savants j'invoque la lumière,
Et comme un sacristain je porte leur bannière.

Boïa ! Je te chante, en vain quelques frondeurs
Cherchent à ralentir mes trop justes ardeurs;

Tes restes sont ici, tes souvenirs nous suivent,
Ta splendeur nous émeut, tes malheurs nous captivent,
Messieurs du Bourbonnais voudraient-ils nous ravir
L'honneur de ton berceau ?. . Je les entends hennir,
Les honnêtes savants qui soutiennent ma cause....
L'étendard est levé, la guerre !... Si l'on ose,
Les Dieux seront pour nous. — Auguste Ménélas,
Quand Pâris prit ta femme, à d'impuissants hélas !
Bornas-tu ton courroux ? Eh bien ! pareille audace !
Et semblable dédain nous heurte et nous menace.
Tels jadis vers Pergame on vit les Grecs bondir,
Tels sur ces mécréants hâtons-nous de courir,
En répétant en chœur : « Boïa, noble reine !
Nous combattrons pour toi comme on fit pour Hélène.»

Vous qui choyez à peine un si noble trésor,
Que des voisins jaloux paîraient au poids de l'or,
Qui sans cesse en parlez en affectant la mine
Et les frivoles airs du plaisant qui badine,
Vers ces débris fameux veuillez suivre mes pas;
Seriez-vous peu charmés de ces savants ébats?
Quelques cailloux roulants, la ronce ou l'aubépine,
Le lézard, la vipère, ou tout autre vermine
Que l'on peut rencontrer, mettraient-ils en émoi,
Pourraient-ils rebuter des gens de votre aloi?
Vous verrait-on, perdant une ardeur ouvrière,
Céder au premier choc et tourner le derrière ?. . .
Foin du pédant obscur, du froid Béotien
Qui ne peut rien oser, que n'émerveille rien,
Qui ne sait deviner le parfum de la rose
Que lorsque sous le nez, le hasard la lui pose !. .
Mais je me tais, j'entends un murmure flatteur,
Je vois qu'autour de moi l'on se pique d'honneur,
Que déjà l'on sourit à ce pélérinage. . .
Que les dames surtout parlent de ce voyage,
Comme si l'on allait naviguer vers Paphos !. . .
Que déjà l'on s'épanche en de riants propos,
Qu'on ira sautillent d'une jambe légère,
Comme le papillon sur les fleurs de bruyère. . .
Oh ! Mesdames, pardon; non, vous n'y songez pas :
Avez-vous réfléchi que votre joli bras,
Votre front si poli, votre belle mantille,
Auraient trop à risquer dans ces bois où fourmille

Un peuple de Cousins, où l'églantier mordant
Au passage vous guette et vous montre la dent ?. . .
Si les derniers Gaulois qui burent l'onde amère
Du Phlégéton, avaient dépêché vers la terre
quelque sylphe blondin, vrai dandy des enfers,
Pour faire leurs honneurs sous ces bocages verts,
Vous offrir une fleur avec délicatesse,
Ou le sorbet glacé lorsque la soif vous presse,
L'appas serait puissaut . . . : mais d'un si fol espoir
Ne vous entichez pas : restez donc au manoir,
Comme au castel faisaient les gentes damoiselles,
Lorsque leurs preux partaient pour quêter des querelles.
Ainsi, bien que nos cœurs nous condamnent tout haut,
Messieurs vite partons : il fait bien un peu chaud;
Mais, que ne fait-on pas pour la belle nature !...
Buffon portait dit-on, sa plus noble parure
Lorsqu'il la visitait : et nous, en vérité,
Peut-être y mettrons-nous trop de simplicité....
— Bah ! Jupiter est bon, il nous sera propice,
Il protégea toujours les cœurs sans artifice.
    Nous approchons : — que l'œil plane snr ces objets
Qu'ensuite à votre gré nous verrons de plus près,
Qu'il contemple amoureux ces plaines si fertiles,
Ces taureaux sous le joug, posant leurs fronts dociles..

En face un mont pelé : c'est-là Montenoizon ;
Ses flancs verts, son clocher comme un toit à pigeon,
Célèbre jusqu'ici par un couteau de chasse,
Et par quelques débris d'une humaine carcasse
Trouvés dans ses caveaux : on dit qu'un souterrain,
Autrefois ménagé pour quelques coups de main,
S'échappait au-dessous de la porte romaine
Qui regarde le nord et domine la plaine.
Derrière nous ce roc porte Champallement,
Qui ressemble assez bien au nid d'un chat-huant,
Mais qui, par un contraste aussi piquant qu'aimable,
Ne contient que des gens d'un commerce agréable.
Est-ce là que César campa ces Marcomans,
Germains si dévoués et si brutales gens,
Qui se ruaient d'en haut, comme des Matamores,
Sur les récalcitrants qu'ils traitaient en pécores ?
Auraient-ils baptisé Brinon-les-Allemands,
Challemant et Champlin ? Demandez aux savants

S'ils se sont bien levés, ils répondront sans doute ;
On peut le soupçonner, mais nous n'y voyons goutte.
   A droite, on voit là-bas quatre larges fossés
Flanquant encor des murs l'un sur l'autre entassés ;
Apercevez d'ici la verdoyante gerbe
Du taillis qui sur eux se pavane superbe,
Plus bas un amateur, dont chacun sait le nom,
A découvert un Therme en fouillant le gazon,
Et plusieurs aquéducs de structure romaine,
Qui peut-être y guidaient les eaux d'une fontaine
Qu'on rencontre plus loin : ces prés et ces guérets
Que, sur ce plan déclive, on aperçoit tout près,
Offrent aux curieux des médailles fréquentes,
Des vases fracassés aux formes ravissantes ;
Et le fond du vallon que des étangs fangeux
Bornent non loin de nous , d'édifices nombreux,
Sans doute étaient parés ; on sait qu'au fond de l'onde
Gisent encor des murs sous la vase profonde :
Enfin, sur ce coteau qui gagne l'horizon,
La Bouille ou Boïa n'est plus qu'une maison.

   A gauche voyez-vous ces routes ténébreuses
Qu'un rayon perce à peine ? En ruines nombreuses
Aujourd'hui transformés des maisons, des palais,
Jadis offraient à l'œil les plus nobles aspects.
Votre œil aperçoit-il au loin, vers ce vieux chêne,
Quelque chose qui bombe et s'allonge et se traîne ?
C'est la voie Agrippa qui depuis mille ans dort,
Non, celle de Néron, pardonnez : — triste sort
Que le sien ! Au vieux temps qu'elle était différente
De celle d'à présent ! . . . La jeunesse opulente
Y promenait ses chars, ses coursiers, ses harnais....
On n'y rencontre plus que de pauvres baudets
Qui, n'ayant d'ornement qu'une maigre encolure,
Y broutent tristement une pâle verdure.
   Près de là sur la pente, on voit de grands débris :
On dit que, sur ce lieu, le cirque était assis ;
Ces fonds étaient l'arène, ici l'amphithéâtre :
Dans les jours solemnels une foule idolâtre
D'exercices, de jeux ou de sanglants combats,
Applaudissait au crime, excitait au trépas ;
Là s'élevait peut-être un élégant portique.
Partout l'illusion de son pinceau magique·

Se plaît à reproduire, en ces lieux dévastés,
L'opulence et les arts des plus grandes cités ;
Car Rome était partout : de sa magnificence
Elle aimait à doter tous ceux que sa puissance
Enchaînait à son char. — Descendons au ravin
Qui s'offre devant nous : n'allez pas prendre un bain
En sautant avec moi sur cette onde boueuse,
Car vous pourriez troquer pour une ardeur fiévreu e,
La complaisante ardeur que j'exploite aujourd'hui :
Parmi tous vos dangers évitez celui-ci.

A merveille ! — A présent, par cette voie étroite,
Que des houx hérissés bordent de gauche à droite,
Montons résolument, nous atteindrons les lieux
Objets de nos désirs et rendrons grâce aux Dieux,
De n'avoir jusqu'ici brisé ni pieds ni bottes,
D'avoir même sauvé jusques à nos culottes.

Voici le temple saint ! De ce lieu respecté
Gardons-nous de troubler la simple majesté ! ...
Quelques arbres noueux que des lierres entourent,
Quelques linéaments qui d'abord se découvrent,
Laissent apercevoir un sol défiguré,
Qu'un génie infernal semble avoir déchiré ;
Des tuiles en fragments, des monceaux de murailles,
Percent de tous côtés les mousses, les broussailles ;
Quelques marbres brûlés, quelques tronçons épars,
Où l'acanthe se joue, annoncent que les arts,
Unis avec le goût et la persévérance,
L'avaient doté jadis avec magnificence.

Un autel est debout ! .. De la divinité,
Signe révélateur par les ans respecté,
Dis-moi : dans ce cahos, quels démons tutélaires,
Ont gardé jusqu'ici tes marbres séculaires ?
Du Pontife divin les mânes protecteurs,
T'auraient-ils garanti des siècles destructeurs,
Ainsi qu'on vit jadis, aux jardins d'Hespérie ;
Le dragon menaçant chasser la main hardie
Qui cherchait à ravir ces fruits si précieux,
Qu'Hercule seul ravit protégé par les dieux ? ...
Est-ce ici, qu'autrefois, la Vestale craintive
Se vouait aux esprits de l'infernale rive,
Si son cœur oubliait le serment douloureux
D'abandonner le monde et ses rêves heureux ? ...

Est-ici que l'esclave, à la foule assemblée,
Ne cédant qu'aux terreurs de son âme troublée,
Jurait d'abandonner, pour le culte payen,
L'ardeur du néophyte ou la foi du chrétien?...
    Oui : peut-être. — Descends douce mélancolie,
Viens t'asseoir avec moi sur la cendre noircie
Qui couvre ces débris : hélas! que la grandeur
Devant tout ce néant allèche peu mon cœur!...
    Mupthis ou Mandarius, monarques de la terre,
Bergers nés pour l'amour, héros nés pour la guerre,
Le siège où vous trônez vous met-il à l'abri
D'être noyés un jour dans le fleuve d'oubli?
    Non : méfiez-vous donc d'une longue fortune,
Dn rival qui maudit votre gloire importune :
De ce trône brillant vous descendrez un jour...
Amour, gloire, grandeur, tout passe sans retour.
    Pardon, si je m'égare, un esprit mysanthrope
Vient parfois, malgré moi, percer son enveloppe :
Mais ne me boudez pas, mon cœur se déraidit,
Si je suis Jean qui pleure, on trouve Jean qui rit.

    Levons-nous, et suivons cette route ombragée :
Je sens que le soleil, à ma tête échauffée,
Pourrait léguer encor quelques rêves fâcheux;
Hâtons un peu. — Voyez cet arbre sourcilleux
Aux gigantesques bras, à l'horizon immense;
Près de lui tout s'incline, et rangés en silence,
Comme sujets soumis, les arbres d'alentour
Attendent le signal pour lui faire la cour.
    Je te salue! ô toi dont la cime sauvage
Et les flancs lézardés attestent le vieil âge,
Qui vis les nations, abritas leur berceau,
Des temps les plus obscurs intelligent tableau :
Révèle-moi, Tilleul, sybille prophétique,
Les destins oubliés de cette terre antique.
J'écoute : — mais quel est ce bruit mystérieux
Qui ressemble aux accords du luth harmonieux?...
Est-ce une erreur des sens? - Non, la terre mouvante
S'agite sous mes pieds!... La nature tremblante
Croit à son dernier jour.... O prodige inoui!
De ce trépied mousseux un oracle est sorti :
    « Invoque des Gaulois l'ombre grande et sévère;
« Ainsi les protégés de Virgile et Voltaire

« Invoquaient l'un Anchyse et l'autre Saint Louis ,
« Quand de graves desseins agitaient leurs esprits. »
Je vous entends, enfants de cette race antique
Qui peuplait les forêts de la terre Celtique ! . . .
Vous qui, du noir Cocyte, avez passé les eaux,
Et du doux Elysée habitez les berceaux,
Qui caressez encor votre ville adorée,
Comme l'enfant sa mère et l'oiseau sa couvée,
Vous que la Renommée a fait des demi-dieu x,
Vous que chaque Français compte pour ses aïeux;
Souffrz qu'un de vos fils , très minime sans doute,
Chante vos longs travaux : mais pour que dans sa route
Un peu dure et pénible il ne trébuche pas,
Prêtez lui quelque force et soutenez ses pas;
Que la barrière ouverte, athlète téméraire,
Il n'aille pas tomber du nez dans la poussière.

Amis, qui me croyez atteint du vertigo,
Ou de quelque manie où l'âme est à zéro,
Vous qu'en ces sombres lieux depuis long-tems je garde ;
Qui peut-être enviez déjà votre mansarde,
Que l'ennui va gagner, partez, quittez ces bois,
Gardez le souvenir de nos savants exploits;
Contez à vos moitiés, qui le diront à d'autres,
Qu'aucuns plaisirs jamais n'ont égalé les vôtres;
Que tout émerveillés vous voudrez revenir,
Mais que pour le moment le besoin de dormir
Vous talonne à bon droit. — Qu'une molle couchette,
Après avoir surtout bien graissé la fourchette,
Vous donne un long repos ! — Adieu, jusqu'au revoir :
Vous savez qu'il me reste à remplir un devoir.

Arma virosque cano....,

Mânes, vous l'ordonnez : je sens votre présence ;
Votre feu me pénètre, et toute ma science
Est prête à s'élancer de ses tuyaux divers,
Comme la gerbe d'eau qui jaillit dans les airs.

« Accourez a mon aide, ô muse de l'histoire,
« Et toi qui sais guider les jets de la mémoire,
« Et Melpomène et Mars, vous tous terribles dieux
« Chez qui la tragédie est un goût sérieux ! !...
« Mais toi qui ne conviens qu'aux plaisirs de l'enfance,
« Je ne t'invoque pas, ô muse de la danse,
« Ta souplesse, tes jeux, tes fugues, tes galops,
« Auxquels tu sais mêler d'inutiles propos,
« N'ont rien à faire ici : ma gauloise jeunesse
« Façonnait ses grands corps à plus rude prouesse. »

§ 1ᵉʳ.

Rome avait mis au jour le premier des Césars ;
Célèbre en l'art de plaire, il captait les regards
Des femmes de son temps, des héros de son âge :
Il était éloquent, guerrier, quelquefois sage,
D'autres fois, en ses mœurs, était très sans façon ;
Il pillait le trésor, en donnant pour raison
Qu'on ne peut conserver de soldats sans pécune,
Et qu'avec des soldats on force la fortune.
Bien qu'il fût dépensier, fripon, et cætera,
César n'en fut pas moins l'homme qu'on admira :
Il avait ce grand cœur, ce port, cette tournure,
Trésors si précieux dont la bonne nature
Se plut à le parer ; puis, avec tous ces dons,
Pouvait-il redouter les faiseurs de sermons ?

Un jour qu'il pensait creux, il songeait que la Gaule
Était mère de gens qui jouaient un grand rôle
Dans ces vastes pays où le renom romain
Ne reflétait encor qu'un éclat incertain.

« Par Jupiter, dit-il, en haussant sa cravate,
« Vienne quelque faquin poser ici la patte ! ....
« On dit que des intrus Suèves ou Bourguignons
« Désertent leur pays pour de meilleurs cantons,
« Que déjà vers la Gaule ils se mettent en route. ...
« Ce mets ne convient pas aux mangeurs de choucroûte;
« Filez, dépêchez-vous, regagnez vos frimas,
« Ou je vous mets au bagne ainsi que des forçats. »

Rien n'arrête un renard qui convoite une aubaine,
Rien n'arrêta César : pourtant il est en peine
De trouver le moyen d'amener ses soldats
A troquer un beau ciel pour ces âpres climats.
Ce n'était que forêts ; la sauvage nature
S'y montrait, disait-on, sans la moindre parure :
Ici l'eau croupissait dans des marais fangeux,
Là le flot courroucé d'un fleuve impétueux
Souvent coupait en deux les campagnes incultes,
Ou quelquefois roulant sous des voûtes abruptes,
Il sortait furieux de ces antres profonds,
Pour ne montrer à l'œil que des abords sans fonds.
Au lieu du blé, la ronce ou la viorne sauvage,
Au lieu du vin pourpré l'eau servait de breuvage,
Et les mâles enfants de ce peuple grossier,
Nus comme des titans, n'avaient qu'un bouclier;
Ils dédaignaient le casque, et pour seule parure
Portaient dans les combats leur longue chevelure,
Sans art ils combattaient, car chez ces nobles cœurs
La plus légère feinte indignait leurs fureurs.
Que ne disait-on pas ? Mais, dans sa prévoyance,
César ne s'entretient qu'avec insouciance
De ces peuples vantards : en parlait-il aux siens,
Il les peignait toujours comme de grands vauriens
Dont on viendrait à bout sans forte résistance,
On saurait les dompter, et leur folle jactance
Aussitôt abattue, on les verrait vaincus,
Foulés, anéantis dans quelques mois au plus ;
C'était un passe temps qu'il offrait à leur gloire,
Un vrai délassement ; enfin il les fit boire
Aux exploits glorieux qu'ils venaient d'achever,
Leur promettait plus tard quelque gloire à trouver.
Ainsi dans tous les temps, le soldat imbécile
Put être manœuvré par une langue habile,

Dans les siècles passés, et comme de nos jours,
Quoique trompé sans cesse on le trompa toujours.

§ II.

Du courage, lecteurs, un peu haut je remonte ;
Me pardonnerez-vous, si jetant toute honte,
J'égratigne l'histoire et la fait grimacer ?
Au novice poëte il faut bien en passer.

Du bel astre du jour l'Aurore avant-courrière
Noyait ses pâles feux dans des flots de lumière ;
Déjà, de ses rayons, Phœbus dorait les eaux
Dont la brise légère agitait les roseaux ;
L'alouette chantait, et la blonde nature,
Les cheveux couronnés de fleurs et de verdure,
Déjà montait son char ; depuis long-temps debout,
César se promenant entendait, voyait tout,
Jouait aux jeux de mots, semait des hyperboles,
Partout un doux murmure accueillait ses paroles.
« Soldats, voyez ces monts qu'a franchis Annibal :
« (Ce butor, vous savez, qui nous voulait du mal),
« Avec du fort vinaigre il creusait un passage
« A travers ces rochers : nous, osons d'avantage :
« Escaladons d'un bond le haut de l'Apennin,
« Puis le revers ensuite et les Alpes demain,
« Puis, sans nous arrêter, tirons droit sur Lutèce ;
« Si quelqu'un nous résiste il faut le mettre en pièce,
« Il faut l'écorcher vif et faire avec sa peau,
« Pour plaire aux curieux un étendard nouveau. »
Il dit : le bruit lointain du Vésuve qui gronde,
Ou la foudre en éclats qui menace le monde,
Ou les croassements d'un million de corbeaux,
N'éveillèrent jamais de si bruyants échos,
Que les échos bruyants qui partout retentirent ;
A la voix de César mille cris répondirent
Avec tant de fureur et de trépignements,
Que la terre trembla jusqu'en ses fondements.
César partit ; les siens sur ses pas se ruèrent,
Et pendant quelques mois sans répit ils marchèrent,

Non pas précisément comme de vrais géants
Faisant vingt lieues par bond, mais souvent à pas lents.
Ils en vinrent bientôt à connaître leur monde,
A se persuader que la machine ronde,
Ou ces noirs souterrains qu'on nomme les enfers,
N'avaient jamais fourni de pareils Lucifers.
La nuit comme le jour, par le calme ou l'orage,
Dans l'hiver ou l'été toujours la même rage;
Courant sus aux Romains comme des sangliers,
Se rencontrant partout comme de vrais sorciers,
Vivant le peu, n'ayant ni logis, ni chaussure,
Traitant un ventre ouvert comme une égratignure,
Avec ou sans leurs chefs toujours la même ardeur,
Un corps battu de jour la nuit était vainqueur.
Parfois se retirant dans leurs forêts de chêne,
Pour étancher leur sang ou pour reprendre haleine,
Ils consultaient leurs Dieux, et le grand Teutatès
Malgré quelques revers promettait des succès;
Sur les ailes des vents sa voix grande, sublime,
La nuit, leur confiait quelque grande maxime...
Un bois était son temple, un tronc d'arbre un autel,
Un glaive recevait le serment solennel
De venger leurs enfants, leurs épouses, leurs pères,
Egorgés sans pitié jusque sous leurs chaumières.
    Les Romains étonnés de tant d'acharnement.
Calculaient tous leurs pas et marchaient savamment;
A ces dangers nouveaux soumettant sa tactique,
César comprit bientôt que d'une autre pratique
Il devait faire usage, et qu'au lieu d'écraser
Les malheureux vaincus, il fallait apaiser,
En usant de clémence et d'utiles largesses,
Ceux qu'il ne pouvait vaincre en usant de rudesses.
Plein de ce grand projet, dans sa tente il rentra,
Et pour mieux réfléchir enfin il se coucha.

§ III.

    Les cieux venaient de prendre une sombre parure,
Et Vesper seul veillait sur toute la nature;
Déjà le doux sommeil, secouant ses pavots,
Balançait mollement la couche du héros :

Depuis six mois, en vain, il le guettait sans cesse,
Toujours de ses faveurs César fuyait l'ivresse ;
Mais vaincu cette fois par mille émotions,
L'active surveillance et les privations,
Ses yeux appesantis refusaient la lumière ;
Morphée, avec le doigt, avait clos sa paupière.
Ses membres affaissés s'apprêtaient au repos,
Lorsqu'un esprit impur, surgissant du cahos,
S'éleva devant lui : sa taille est surhumaine,
Il a l'œil menaçant, il agite une chaîne,
Et la lançant soudain sur le corps du héros,
Il allait l'embrasser par d'immenses réseaux. . . .
Lorsqu'un cri s'échappant de sa gorge oppressée,
Le dormeur se soulève, en vain cherche une épée,
Se débat sous les fers dont il se sent pressé,
S'échappe de son lit et s'éveille glacé. . . .
Une invincible horreur le suit, l'enchaîne encore.
Il veut fuir mais en vain ce spectre qu'il abhorre.
Il le trouve partout, son oreille l'entend
Qui lui corne ces mots, devant lui se dressant :
   « Tu m'échappes en vain, quand ta rage inhumaine,
« Lasse d'immoler tout à la grandeur romaine,
« Sur Rome altière, un jour, voudra porter la main,
« Un autre punira ton insolent dédain.
« Va ! je verrai briser ta trop fragile idole,
« Tu paieras tes méfaits un jour au capitole :
« Reconnais des Gaulois le génie outragé. . . .
« Tremble pour tes destins : oui, je serai vengé ! . . . »

   Des cris retentissaient à l'entour de sa tente :
Encor plein de son rêve, et saisi d'épouvante,
Il apparaît tout nu parmi tous ces soldats
Dont un panique effroi précipitait les pas.
Ils fuyaient pêle-mêle, une horrible mêlée
Ajoutait au désordre : i n'était plus d'armée.
Où diable suis-je enfin ? . . . une sotte terreur,
Eh ! quoi ferait broncher de César le grand cœur !
Dit-il : je souffrirais que cette ombre damnée
Fît sur tous ces marauds l'effet d'un Briarée !
   « Arrêtez, vils magots ! où sont vos bataillons ?
« Race de Lilliput, indignes légions,
« Qui vous laissez fesser lorsque César sommeille ! ! ,.
« Halte-là, mirmidons, ou je coupe l'oreille

« Au premier d'entre vous qui fait encor un pas,
« Volte-face, en avant.. retournez aux combats.

Cette verte harangue est comme une magie ;
Ils s'arrêtent soudain : mais Bellone en furie
Frappe à coups redoublés de son terrible dard
Les coupables Romains qui s'arrêtaient trop tard.
César avait beau faire ; il était en chemise,
Sans casque, sans pourpoint ; un maudit vent de bise
Élevé tout à coup, et froid comme un glacier,
Sans aucune pudeur lui mordait le fessier
Ni plus, ni moins, ma foi ! qu'un vrai chien de Corsaire.
Il pensa sagement qu'il ne pouvait mieux faire
Que de rentrer au camp, se promettant qu'au jour
Il ferait payer cher ce détestable tour.
On sonne la retraite, confus on se retire :
Le soldat étonné croit qu'un affreux délire
L'a saisi cette nuit : il recule en grondant
Comme le flot qui gronde à l'approche du vent.
Des soldats de César baisser leur tête altière !...
Entraîner dans leur fuite, et c'est là le sévère,
César, le grand César !!! Jamais dogue puissant
Pressé par de grands loups ne fuit plus menaçant !...
César rentré chez lui cherche son cimeterre,
Il regarde . . . . il le voit étendu sur la terre,
Confus autant que lui d'un repos obstiné
Pour lequel il sentait n'être pas destiné.
Comme de vrais amis dont les bras s'entrelacent,
Se retrouvant enfin l'un et l'autre ils s'embrassent :
Achille avec Patrocle étaient-ils plus unis ?
Et Castor et Pollux étaient-ils plus amis ! !..

§ IV.

Quoique tout fût gardé, déjà la Renommée
Publiait dans le camp qu'une puissante armée,
Des forêts d'alentour débouchant lentement,
Pour le jour promettait un grand événement ;
Que l'échec de la nuit n'était que le prélude,
L'avant-coureur sanglant d'une lutte plus rude ;
Que les peuples ligués des champs Helvétiens,
S'animant de l'ardeur des peuples Boïens,

Déployaient gravement leurs phalanges guerrières,
Et que d'eux aux Romains des distances légères
Les séparaient à peine; enfin que leur fureur,
Répandant devant eux la crainte et la terreur,
Chassait comme un troupeau les peuplades soumises,
Qu'ils brûlaient, saccageaient les campagnes conquises;
Les Boïens surtout, peuples cruels et fiers,
Compagnons autrefois de ces soldats pervers,
Que Carthage lançait dans les champs d'Italie
Pour arracher à Rome ou l'honneur ou la vie,
Refoulés tant de fois jusqu'au delà des monts,
Redoutés dans leur fuite et toujours vagabonds,
Épiant les combats, brûlaient d'impatience
D'étancher à la fin cette soif de vengeance
Qui les dévorait tous, depuis que les Romains
Dans le sang de la Gaule avaient plongé leurs mains.

A leur tête en effet, le front haut et superbe,
Marchait Boïorix: une ondoyante gerbe
De crins noirs couronnait son casque étincelant;
Il portait d'une main son glaive menaçant,
De l'autre un bouclier, héritage honorable
Légué par ses aïeux, monument vénérable
De ce fameux Brennus, ce premier Attila,
Dont le fiel bouillonnant sur Rome déborda;
Monument destiné par ce vainqueur sauvage
A consacrer de Rome et la honte et l'outrage.
On y voyait gravé: les Romains à genoux,
Tâchant, au poids de l'or, d'apaiser le courroux
Des Gaulois leurs vainqueurs: on y voyait fumantes
Les murailles, les tours, les flammes dévorantes
Qui déjà menaçaient le mont Tarpeïen,
Le peuple consterné redemandant son bien
Aux Dieux sourds à ses vœux: et ce noble trophée,
Nouveau palladium, valait seul armée...
Vous vous riez de nous, me dit maint écolier:
Des forges de Lemnos jamais un bouclier
Ne sortit si parfait: — Messieurs, trève de glose,
Le bouclier d'Énée offrait bien autre chose,
Et l'on ne vit jamais les Zoïles du temps
Sur un fait aussi clair faire les mécréants;
Ils crurent, yeux fermés, Virgile sur parole,
Et cela sans risquer la moindre babiole.

Après tout . . . . mais enfin, silence : entendez-vous
La foudre qui bruit ? les dieux ont rendez-vous.

§ V.

César ne dormait plus, la farce de la veille
Malgré lui le portait à se gratter l'oreille ;
Il mande Labinus, son premier lieutenant,
Pour au juste savoir ce qui se passe au camp,
Si l'on a bien partout posé des sentinelles,
S'il ne se répand pas de sinistres nouvelles.
  Le général arrive. « Approche, mon ami,
« Prends un siége et causons : j'ai quelque grand souci
« De ce qui s'est passé ; je crois, sans aucun doute,
« Que l'affaire d'hier sent un peu la déroute.
« Réponds sans hésiter ; le crois-tu comme moi ?
« Nous ne ressemblions pas trop au peuple-roi,
« Lorsque tous ces vilains nous donnaient l'étrivière.
« J'en jure par Pluton : si mon noble derrière
« A reçu quatre coups, j'en rendrai dix au moins,
« Quarante s'il le faut : oui ! j'en prends à témoins
« Tous les dieux immortels qui peuplent l'Empyrée ;
« Oui ! ce vœu de César vaut parole sacrée.
« Sortons. . . » déjà l'Aurore ouvrait à deux battans
Les fenêtres du ciel ; déjà les yeux perçants
Du souverain des dieux s'élançaient vers la terre . .
Il aperçoit Bellone et le Dieu de la guerre
Qui déjà chevauchaient vers le camp des Romains,
Sans prendre nul souci du camp des Boïens.
Il s'indigne, et montrant une rouge colère,
Il apostrophe ainsi d'une voix de tonnerre
Ceux qui, comme fuyards, avaient quitté le ciel
Sans avoir obtenu son ordre paternel :
  « Arrêtez, je l'ordonne, ou je vous mets en poudre,
« A sortir sans licence on ose se résoudre ?
« Et vous aussi, Bellone, en jupon du matin,
« Vous suivez ce Dragon comme une vrai-catin ! . . .
« C'est joli ! — que dira mon épouse sévère ?
« Et comment réussir désormais à lui plaire ?
« Vous, gardez les arrêts, monsieur le fanfaron :
« Cela vous servira, peut-être, de leçon.

« Eh! qui vous a permis d'épouser la querelle
« De messieurs les Romains? vous me la donnez belle..
« Quoi! Romains et Gaulois ne sont-ils pas tous miens?
« Et ceux-là valent-ils plus que les Boïens?
« Laissez, laissez au sort l'ordre des destinées;
« Peut-être ces Gaulois, dans de longues années,
« Brilleront à l'égal de la splendeur Romaine.
« De ces peuples je vois la grandeur souveraine
« Dominer à son tour tous les peuples divers,
« Non pour leur imposer d'insupportables fers,
« Mais pour les éblouir d'une plus noble gloire.
« Que direz-vous, un jour, quand vous verrez l'histoire
« Une palme à la main, dire que les Français
« Ont partout, des humains, plaidé les intérêts,
« Et qu'ils n'ont bataillé sur la machine ronde
« Jamais que pour l'honneur et le bonheur du monde?
« Vous souriez . . . je crois, vous faites le faquin! . .
« Aux arrêts, je le veux, jusqu'à demain matin. »
    Ainsi qu'un épervier échappé de sa cage,
Aux cris des oisillons qui peuplent le bocage,
Rentre à l'appel du maître, humble et fier à la fois,
Ainsi Mars se retire en faisant le sournois.

§ VI.

    L'Aube du jour naissait : les Romains en silence
Attendaient le signal, une mâle essurance
Régnait dans tous les rangs ; déjà, de toutes parts,
Balancés mollement flottaient les étendards.
César paraît: alors la joie et l'espérance
Brillent dans tous les yeux : fièrement il s'avance;
Et l'air un peu bourru, s'adressant aux soldats:
« Si vous êtes contents, moi, je ne le suis pas . . .
« Qu'on efface aujourd'hui la honte de la veille ;
« Mais, pour y parvenir, il faut faire merveille. »
    Il dit, et la pudeur qui colore leur front,
Témoigne de l'ardeur à venger leur affront.
    Et vous, preux Boïens, qu'une cause plus sainte
A guidés de si loin; qu'une mortelle atteinte
A blessés comme un trait que le flanc de l'oiseau
Emporte dans son vol jusqu'au lieu du tombeau,

Pour vous célébrer tous de la haute Épopée,
Que ne puis-je emprunter l'âme passionnée !
Mais demander la verve à mon esprit, hélas!
C'est exiger vigueur du plus débile bras.
Heureux cent fois celui que la mère nature,
Généreuse, a pourvu du don de la peinture;
Qui sait rendre les traits du héros qui n'est plus ;
Et sait d'une auréole entourer ses vertus ! . .
Pourtant, muse, soyez moins tiède ou moins peureuse,
Essayez des accords, qu'une pensée heureuse
Gage de souvenir, s'exhale en leur faveur,
Ou parle toujours bien le langage du cœur ;
L'âme s'épanouit lors qu'on exalte un père,
On vante avec orgueil l'objet que l'on révère,
Sa réputation est notre propre bien :
Honneur donc à jamais au peuple Boïen
Qui vient venger ses Dieux, son pays et ses femmes ! !
Combattre pour ses Dieux et pour l'honneur des dames,
Est un sacré devoir, un élan généréux !
Jeune comme eux, morbleu! j'aurais fait tout comme eux.
« Oui : vivent ces héros, paladins du vieil âge,
« Fanatiques d'amour, d'honneur et de servage,
« Qui, dans le même culte embrassaient à la fois
« Et la beauté, les Dieux, le pays et les rois ! !
« Temps déjà loin de moi !... Comme dans mon jeu-
                                        ne âge,
« De ces fougueux héros la poétique image
« Enflammait mon esprit ! comme Renaud, Allard,
« Et Tancrède et Rolland, et de nos jours Bayard
« Traitaient sévèrement une horde ennemie,
« Lorsqu'elle osait franchir le seuil de la patrie !
    « Honneur à toi, Turenne, à toi brave Villars,
« Qui domptas, à Denain, l'orgueil des fiers Césars !
« A vous, nobles soldats vainqueurs des Pyramides,
« Qui, comme un tourbillon, de ces plaines arides
« Voliez malgré les mers aux champs de Marengo !
« A Beauharnais, Desaix, à toi, Montebello
« Dont le destin fut court . . . que la Parque attendrie
« Refusait à regret aux pleurs de la Patrie ! !
« Devant toi je m'incline, ô le plus grand de tous ! . .
« Météore vivant, que le monde jaloux
« De l'éclat qu'il jetait sur notre bélle France,
« Voulut noyer au loin dans l'Océan immense ! · · ·

« Mais, ainsi que Phœbus qui sort du sein des eaux,
« Ta gloire est plus immense et tes rayons plus beaux.
« . . . .
« Muse, suspends ton vol devant ce mausolée,
« Et sur ce marbre froid dépose une pensée...
« . . . .
   « Des braves Boïens vous tous braves enfants,
« Si vous aviez alors combattu dons leurs rangs,
« Vous auriez ajouté quelques pages d'histoire
« Aux pages que pour eux les Filles de Mémoire
« Ont voulu nous laisser comme un noble fragment
« D'amour de a Patrie et de beau dévoûment ! . . .
« Guerriers tant renommés, aussi vaillants que sages,
« Si le destin pour vous eût devancé les âges,
« Vous auriez pu donner une bonne leçon
« A ces fats orgueilleux qui croyaient sans façon
« Que la terre pour eux était un vrai domaine,
« L'Italie un Olympe, et la Gaule une aubaine
« Que Cérar accordait à leurs menus plaisirs,
« Seulement en à-compte à leurs vastes désirs. »

§ VII.

Dieux de ces tristes bords, Faunes, Sylvains, Napées
Quittez pour d'autres lieux ces plaines parfumées :
Les éloquentes voix des coursiers, des clairons,
Pour vous ont peu de charme au prix de vos chansons!
Plaignez donc des humains la sauvage nature,
Et de ce jour néfaste oubliez la souillure.
Les bois ont retenti : d'innombrables échos
Portent les cris guerriers, des vallons aux côteaux.
Les Romains étonnés contemplent en silence
Ces fronts si renommés, ce feu de la vengeance,
Comme un éclair brûlant qui perce en leurs regards,
Ces corps presque géants, la longueur de ces dards,
Ces peaux d'ours balançant leur sauvage crinière,
Ces prêtres qui montraient avec leur joie altière
Des crânes desséchés consacrés à leurs Dieux;
Terribles monuments que leurs premiers aïeux
Ont voulu, pour garder la sanglante mémoire
D'un affront inouï, dévouer à l'histoire.

Ainsi qu'on vit jadis les Romains éperdus,
Oublier leur courage, en voyant de Pyrrhus
Les éléphants fougueux, monstrueuses machines,
Bastions redoutés, inépuisables mines,
De lances, de carquois, d'où partaient mille morts,
Tels alors on les voit, redoutant les abords
De ces fiers ennemis, oublier l'arrogance
Qui les faisait si vite invoquer la vengeance.
Un coup d'œil de César, lancé fort-à-propos,
Les arrête confus prêts à tourner le dos.
Eh ! qu'importait à lui cet orgueil du courage ?
Avec même vigueur il avait l'avantage
De l'art, d'une tactique inconnue aux Gaulois,
Sans quoi toute valeur est bientôt aux abois,
On vit renaître ainsi l'aveugle confiance,
La sagesse des plans fit pencher la balance.
En vain Boïorix et le brave Eupharès,
Semblaient par leur valeur enchaîner le succès;
Bien que de Labinus, la phalange guerrière,
Culbutée en tous sens eût mordu la poussière,
Que le géant Phanor, cet hercule Gaulois,
Vingt fois eût défié de sa terrible voix,
César, qui se riait de son agreste rage :
Bien qu'il semât partout l'horreur sur son passage,
Et que les chefs rivaux et de gloire et d'ardeur,
Éclaircissent les rangs au gré de leur fureur,
César, l'œil attentif, le front calme, impassible,
Contemplant de sang froid cet Océan terrible,
Où venaient s'abîmer les malheureux humains,
Debout contre un rocher commandait les destins :
Il voyait sans pâlir le courage indomptable
De ses fiers ennemis; sa vengeance implacable
Épiait le moment si cher à tous ses vœux
De rendre ce grand jour, son jour le plus heureux.
Tout-à-coup de ses yeux de vifs éclairs jaillissent.
Il saisit son coursier dont les membres frémissent,
S'élance impatient sur les ailes du vent
Où son esprit l'appelle . . . . il écoute, il entend
Les longs cris des vaincus et les chants de victoire !
Il avait deviné qu'un horrible déboire
Suivrait l'aveugle élan du peuple Helvétien,
Qu'un appas attirait trop loin du Boïen :

Soüdain des escadrons qu'il tenait en arrière ,
Partent rapidement ; cette forte barrière
Les coupe sans retour . . . leurs flancs sont enfoncés,
Et les Helvétiens sont partout écrasés.
Pressés de plus en plus en vain ils se raidissent,
Leurs brassont impuissants, leurs forces s'affaiblissent,
Par une main de fer leur corps est comprimé,
Un froid de mort déjà tient leur cœur opprimé...
Ils crièrent merci ! .. César, ivre de joie,
Les contemple de loin comme l'oiseau de proie,
Qui va fondre d'en haut sur lé timide oison,
Sur la caille éperdue ou sur l'humble pinson;
Jamais triomphateur qui monte au Cap tole,
De l'orgueil des Romains n'offrit mieux le symbole.
   L'œil éteint, le front bas, ils marchent lentement 1
Ils supplient qu'on accorde à leur malheur si grand,
De pouvoir regaguer leur commune patrie.
   César en eut pitié : — « Je vous laisse la vie,
« Avec permission de gagner vos foyers;
« Mais ne reparaissez jamais dans ces quartiers. '
« Relevez vos maisous et vos villes brûlées,
« Que vos coupables mains seules ont embrâsées;
« Que des forts soient construits du côté des Germains,
« Ainsi je vous transmets mes ordres souverains:
« Que le tout soit compris, et soit fait de la sorte,
«Si non, je veux vous pendre ou tondre, peu m'importe.
Dieu nous préserve tous de la hache ou du dard !
Mais mieux mourir cent fois, que du triste Abeilard,
Traîner piteusement l'éternelle agonie !
La splendeur de la gloire est donc souvent ternie
Par le rayon impur de l'orgueil insultant ! . . .
O Vanité ! . . tais-toi : Jéhovah seul est grand.

§ VIII.

Mais que veut ce Corbeau messager des augures? ..
Romains, vous pâlissez ! . . sur vos mâles figures
Sa voix imprimerait nn regard consterné !
Plaisentez-vous? . l'atout n'est-il pas bien frappé?

Fabius, à coup sûr, a fait bonne justice
De quelques furieux échappés au supplice,
Que j'ai laissés là bas, se débattant en vain,
Comme des coqs criards qui disputent un grain?....
A peine il avait dit: un coureur de l'armée
Arrive tout poudreux, la figure alarmée,
Dit que ses lieutenants exténués, rompus,
Déjà n'en peuvent mais.. que, dans une heure au plus,
Il en sera fait d'eux !... les troupes Boïennes
Furieuses, sachant que les Helvétiennes
Ont trahi leurs serments, livré leurs étendards,
Que seules désormais vont courir les hasards,
Jurent de vaincre tous ou de mourir ensemble.
J'ai dit la vérité : César, que vous en semble?
Ce qu'il semble à César, c'est que de nobles mains
Veulent nous disputer le sceptre des humains :
« Dis à mes Lieutenants d'abandonner la plaine,
« S'ils regagnent les bois la victoire est certaine;
« Qu'ils fuient sans plus tarder, fuir n'est point dé-
                                        shonneur,
« Quand la fuite est un art pour revenir vainqueur. »

    Déjà tout se débande, et partout se mutine :
En vain la voix des chefs, en vain la discipline,
Cherchent à ramener quelques soldats épars,
On n'écoute plus rien, on fuit de toutes parts ;
Des Romains mutilés la figure mourante,
Dans leurs derniers regards exprime l'épouvante;
Des boucliers brisés, des lances et des dards,
Des chevaux expirants gisent sur terre épars.
    Le Boïen ardent que le combat irrite,
Égorge sans pitié; c'est en vain qu'on évite
Un instant sa fureur, son sanglant coutelas,
En arrière, en avant, promène le trépas:
Sans la nuit qui survint, deux légions Romaines
Succombaient sous la loi des Parques inhumaines.
Enfin, l'ordre arriva de regagner les bois ;
Le soldat sur les dents, docile cette fois,
Écoute palpitant la voix qui le rappelle.
    Ainsi dans le désert, la timide gazelle,
Après avoir erré dans mille endroits divers,
Pour fuir soit le chakal, soit le tigre pervers,
Tremblante reparaît vers l'oasis paisible,
Quitte pour cette fois d'un danger si terrible,

De l'ombre qui s'étend la sinistre noirceur,
De ce jour si cruel augmente encor l'horreur,
Et pour le lendemain présage la tempête.
    César avait appris ce dernier tête-à-tête;
Il se mordait les doigts, accusait le destin,
Il veut ployer bagage ou combattre soudain,
Il hésite . . . en sa tente enfin il se retire :
Sa figure pâlit, avec peine il respire,
Il s'assied un instant, se relève aussitôt,
Croise les bras et dit : « J'étais un fier badaud
« De rire étourdiment d'un si rude adversaire !
« Ce peuple me surprend : si nous pouvions mieux
                                        faire . . .
« Voyons si j'essayais de gagner ces gens là ?
« — Je ne ferais pas mal : — réussirai-je ? bah !
« Après avoir fichu mes soldats en déroute ,
« Ils me feront la nique, oui, sans le moindre doute.
« — Non, faisons leur sentir tout le poids de mon bras.
« — Patience, attendons, ne nous emportons pas.
« — Pourtant, si je les bats, ce qui n'est pas facile,
« Mon projet deviendrait un peu moins difficile.
« — Va pour ce dernier plan ! . . essayons-en d'abord
« S'il ne réussit pas . . . je forcerai le sort.
« Vite un centurion : à Fabius qu'on porte
« Cette dépêche : après. . . . — d'ici que chacun sorte :
« Je veux dormir un peu, ma tête en a besoin.
« Pendant ce temps, surtout, du camp qu'on prenne
                                        soin.
« Je me souviens encor de certaine équipée . . . .
« — Assez causé : demain c'est la grande journée;
« Qu'on y songe : bonsoir. » A peine il est minuit,
Et la garde qui veille entend un léger bruit . . . .
— Est-ce un frémissement de la feuille agitée,
L'oiseau qui se tapit, les pleurs de la rosée
Qui coulent lentement sur le sol desséché,
— Peut-être . . . — attention : le corps demi-penché
Le soldat qui s'émeut est tout yeux, tout oreille . . .
Il n'entend plus : pourtant près de lui quelqu'un veille;
Il croit entendre encore . . . il ne se trompe pas.
Cette fois il distingue un léger bruit de pas.
— Qui vive ? arrête là : — rien, aucune réponse.
On s'élance d'un bond, en son cœur on enfonce

Un fer bien acéré . . . il tombe, c'est d'Assas . . .
— Aux armes, l'ennemi ! !.. soudain cent coutelas
Manœuvrent au plus vite : en tumulte on s'avance;
César est furieux, il est comme en démence,
Il sait d'où le trait part, il ne peut concevoir
Une si fière audace et si peu de pouvoir.
Cette fois je suis-là, se dit-il ; et le diable
De surprendre César deux fois, n'est pas capable.
   On vit bientôt cesser ce combat outrageant.
Cent braves Boïens ensemble s'engageant
A semer dans le camp la flamme et l'épouvante,
S'étaient glissés dans l'ombre : une cruelle attente
Les torturait déjà : . . . ils voient l'heureux moment
De pouvoir élever un digne monument
Aux mânes des héros dont ils pleurent la perte . . .
On les entend .... de suite , et d'une main alerte ,
Ils immolent chacun leur victime assignée,
S'envolent loin du camp, et l'âme résignée
A poursuivre plus tard ce vœu mal accompli,
Ils rejoignent les leurs, mécontens à demi.

§ IX.

À peine de la nuit les voiles s'amincissent,
Déjà quelques lueurs sur l'horizon blanchissent,
Seule brillait encor l'étoile du matin.
Déjà les Boïens confiants au destin
Qui les avait flattés par d'heureuses prémices,
A leurs dieux protecteurs offraient des sacrifices;
Quelques gâteaux de miel en faisaient tous les frais,
Le sacrificateur y joignait des poulets,
Quelques autres oiseaux , innocentes victimes
Que le caillou frappait pour les fêtes sublimes;
Ils ignoraient le luxe et la duplicité,
Leurs Dieux se contentaient de leur simplicité :
Jamais d'autres présents, point de riche hécatombe,
Des morts le gui sacré seul décorait la tombe ;
Et quand les pleurs coulaient , une mâle douleur,
Loin d'être un appareil , partait toujours du cœur.
   Cependant les Romains, affamés de vengeance,
Brûlent de réprimer cette folle arrogance,
Qui jusques dans leur camp osait les défier :
Impatients de honte, ils veulent châtier

L'insolent ennemi qui, pendant les ténèbres,
Sans gloire et sans danger, sous des voiles funèbres,
Tentait d'ensevelir les immenses lauriers
Qu'ils avaient moissonnés comme de preux guerriers;
Ils exigent qu'on parte, et leur fougueuse ardeur,
Ne connaît plus de frein; à cet élan du cœur,
César répond : Marchons. — Les trompes éclatantes
Font entendre à l'instant leurs fanfares bruyantes,
Les coursiers sont émus, ils blanchissent leurs mors,
Frappent du pied la terre, et leurs nobles essors,
A peine retenus par la main souveraine,
Ils dévorent l'espace et font voler l'arène;
Les légions à pied s'ébranlent gravement,
Les chevaux les côʼoient sur l'un et l'autre flanc.
   Des Boïens bientôt l'avant-garde s'avance,
On mesure de l'œil la lointaine distance
Qui les sépare encor : enfin se rapprochant,
Les deux corps font entendre un hourah menaçant.
   Boïorix alors, à ce moment suprême,
Communique le feu qui l'embrâse lui-même,
Il court dans tous les rangs en fixant ses soldats.
« Enfants, j'aurai vécu, si le Dieu des combats
« Ce soir n'a couronné la lutte magnanime
« Que nous allons tenter; cette noble maxime
« Qu'aucun de vous n'ignore : Ou la gloire, ou la mort,
« Jurons de l'observer quel que soit notre sort. »
Il avait dit : déjà la distance légère
Était franchie : à peine une faible lumière
Échappée à l'aurore éclairait les soldats,
Que déjà des milliers subissaient le trépas.
Chaque trait porté au but, partout la même rage,
Dans les rangs opposés même ardeur de carnage;
Le fer brise le fer, le sang se mêle au sang;
Qui va percer un cœur se sent percer au flanc :
A droite, au centre, à gauche, une horrible mêlée ! !
   Hélas! que des humains la race infortunée
Excite de pitié ! .. que sont coupables ceux
Qui, nés pour les instruire et pour les rendre heureux,
Par le plus triste abus de leur toute puissance,
Au lieu d'humanité ne prêchent que vengeance,
Et font de deux amis qui s'aimaient le matin,
Le soir un la victime et l'autre l'assassin! . . . .

Triste et honteux reflet des misères humaines ! ! ! .
    Les forces s épuisaient , et les aigles Romaines
Reculent quelquefois ou gagnent du terrain,
Tout se balance encor ; un hardi coup de main
Peut terminer enfin la sanglante querelle.
César s'en aperçoit : par son ordre on rappelle
Les vaincus de la veille , échappés aux Gaulois,
Qui les savaient sans crainte errants parmi les bois.
    Tout ce que peut l'audace et la valeur bouillante,
Le désespoir, la rage et cette soif brûlante
D'opposer à la honte un trépas glorieux,
Le tentèrent en vain les Gaulois furieux.
Comme un torrent grossi des eaux de la tempête,
Se brise mugissant contre un roc qui l'arrête ;
Ou tel qu'un lion pressé par d'habiles chasseurs,
Après avoir semé ses sanglantes fureurs,
Cerné de plus en plus, voyant sa mort certaine,
S'élance furieux sur la troupe inhumaine
Des bourreaux acharnés à presser sou trépas ;
Tels on vit les Gaulois victimes des combats,
Cernés sans s'en douter, n'ayant plus de retraite,
Contempler frémissants leur trop sûre défaite.
« Mourons tous, ont-ils dit : non comme des peureux,
« A nous admirer tous forçons encor les Dieux . . .
« S'ils nous ont dédaigné sur cette triste terre,
« Montrons notre grand cœur au maître du tonnerre! »
    Alors se tenant tous fortement rapprochés,
Leurs boucliers ensemble étroitement liés,
Lançant leur dernier trait, à la mort ils s'avancent :
Abandonnés des Dieux, sans crainte ils la devancent ;
Ils marchent protégés par ce fier boulevart,
Portant au milieu d'eux leur dernier étendart.
    Mais que vois-je ? un guerrier victime des alarmes,
Le front pâle et mourant est porté sur ses armes . . .
Monté sur ce pavois comme un triomphateur,
Il semble de leurs maux l'ange consolateur ! . . .
    « Adieu, Boïorix, vertu si magnanime ! . . .
« De l'Ether azuré prends la route sublime,
« Songe à ta chère Argos, en montant vers les cieux !
« Ta place est près d'Hercule au rang des demi-dieux.»

§ X.

Toi, qui du haut des cieux, dans ta sainte colère,
Voilas ton front doré, dont la pâle lumière
N'éclaira qu'à regret ce jour si douloureux,
Soleil, je te rends grâce : ils étaient nos aïeux ! . . .
  A ce terrible élan du plus noble courage,
Les Romains attendris, sentent sur leur visage
Couler des pleurs amers. « Comment tant de grandeur,
« De résignation de sublime douleur,
« Auraient pour récompense un stupide esclavage ! .
« Nous païrions trop cher ce coupable avantage.
« De ces soldats si grands nous serions les bourreaux !
« Nous, Romains, mutiler ces glorieux lambeaux,
« Restes ensanglantés de la Gaule asservie,
« Témoignages si purs d'amour de la Patrie ! . .
« Offrons la main, César, à ces braves rivaux,
« Rome nous maudirait. » A ces nobles propos,
A ces accents naïfs d'une vertu bien rare,
César dit : « Mes enfants, je ne suis point avare
« De sensibilité : c'est très bien, arme à bas :
« Je vais seul m'avancer, allons, ne pleurez-pas. »
  Aussitôt chevauchant d'un pas ferme et tranquille,
Il s'avance vers eux de l'air du meilleur drille,
Sans ostentation et l'épée au fourreau,
Il se croise les bras et leur crie assez haut :
  « Ah ça ! n'est-il pas temps que colère se passe ?
« On s'est assez fâché, maintenant qu'on s'embrasse :
« Vous avez bataillé, ma foi, comme des dieux ! . . .
« J'en jure par César, Mars n'aurait pas fait mieux.
« Boïorix n'est plus : . . nous n'y pouvons que faire.
« Lui défunt, croyez-moi, prenez César pour père.
« Laissons nos différents, habitez ces climats,
« Qui nous rappelleront la gloire et nos combats :
« Nous nous unirons tous comme un peuple de frères,
« Et, certes, nous ferons de meilleures affaires.
« Bâtissez une ville et donnez votre nom
« Aux lieux rendus par vous un pays de renom.
« Choisissons le terrain, mettons nous à l'ouvrage :
« Je vous offre nos bras; je ne puis d'avantage.

« Allons, mes chers amis . . voyons, décidez-vous . .
« Pax adsit inter nos , la paix soit entre nous ! »
Les Boïens surpris de l'air rien moins qu'austère
Dont on les accueillait, de rencontrer un frère
Au lieu d'un ennemi, délibèrent entr'eux,
Qu'ils veulent bien souscrire aux propos généreux
De leurs loyaux vainqueurs. — Qu'avaient-ils mieux à
                                                        faire?
Ainsi l'on vit finir cette terrible guerre.
    Et Boïa sortit de ce noble berceau;
Après dix-neuf cents ans on trouva son tombeau.

Vous ; studieux enfants de l'antique Eduée,
Poursuivez vos labeurs d'une main assurée;
Vous, surtout. par devoir dont je tairai le nom
Qu'avec faveur chacun proclame en ce canton ,
Que vos modestes goûts, votre persévérance,
Pour les arts sérieux ont façonné d'avance,
Interrogez les lieux, fouillez dans ce cahos,
Ne vous rebutez point de ces malins propos
Dont on veut alarmer l'ami de la science :
Pour faire quelque bien il faut la patience;
Déjà ne voit-on pas poindre de tous côtés
La curiosité? déjà les sommités
De ce monde savant que notre époque enfante
Gravitent vers vos bois ; d'une voix confiante
Invoquez leur concours; riez des amateurs,
Artistes pélerins, fougueux admirateurs
De rondaches, de casque ou de vieille giberne,
Qui ne rêvent qu'antique et font fi du moderne !
Riez de ces lettrés prompts à tout condamner,
Que par mansuétude on n'ose chicaner,
Qu'il faudrait, pour guérir de l'esprit de sophisme,
Et de mauvais vouloir, livrer au magnétisme! ..
    Mais tournez vos regards vers l'illustre patron
Que l'amour des beaux arts et l'éclat du renom
Distinguent parmi tous : cédant à la science ,
Il reviendra sans doute avec magnificence,

Escorté de savants citadins, campagnards,
Comme on vit le grand homme avec ses vieux grognards.
    Mais songez à l'appui noble autant que sincère
Du sage généreux qui, chez nous, à bien faire
Occupe ses loisirs, et vient avec bonté
Vous présenter les clefs de la vieille cité ;
Déjà l'autorité comme une bonne mère
Qui stimule ses fils par un léger salaire,
Et provoque par là des soins plus assidus,
Vous entr'ouvre en riant les coffres de Plutus.
Tout s'anime pour vous : assaut de complaisance,
De générosité, concours de la science,
Un pays attentif à vos moindres travaux,
Eh! que faut-il de plus pour créer des héros!..
Oui! C'est du dieu des arts que je tiens le présage :
Le temps est près de nous où, de votre courage,
Vous recevrez le prix... Déjà, sur le granit,
Je vois tracés ces mots : Hic Boïa fuit!!

Briney, le quatre août 1843.

Duprilot,
Dr M. P.

Clamecy, Cégrétin, imp.-lib.

www.ingramcontent.com/pod-product-compliance
Lightning Source LLC
Chambersburg PA
CBHW061606180626
46818CB00005B/1969